LES FUNÉRAILLES D'ARABERT,

RELIGIEUX DE LA TRAPPE.

POÉME

IMITÈ DE L'ANGLAIS DE M. JERNINGHAM.

Par MONSIEUR D****.

A LONDRES.

M. DCC. LXXVIII.

LES
FUNÉRAILLES
D'ARABERT.

POÉME.

IVRÉE à sa douleur, la belle Léonore
recherchoit les tombeaux que la lumière ignore.
Dans le sein de la paix, le sombre
monument
inspire le respect & le frémissement.
A sa voute l'on voit la lampe solitaire,
dont la foible clarté, sans donner la lumière,
en chasse moins la nuit qu'elle ne l'offre aux yeux ;
dans toute son horreur elle montre en ces lieux
au trop cher Arabert la tombe destinée.

Léonore à sa vue, émue, épouvantée,
pousse un profond soupir, les larmes sur son sein
s'échappent en torrent : abhorant son destin,
ô tombe où mon amant, tout ce que j'aime au
    monde,
dit-elle, doit bientôt à ma douleur profonde
pour jamais se cacher, accorde à ce dépôt
la tranquillité rare, & que dans le repos,
à l'abri du tourment, suite de la tendresse,
il ne ressente plus l'horreur de sa foiblesse ;
qu'il ne soit plus en proie à ces chagrins cuisants,
des tristes passions les compagnons fréquents ;
pour comble de faveur, fais aussi qu'il ignore
tous les maux que ressent sa chère Léonore !
Elle s'abandonnoit à tout son désespoir ;
un Vieillard respectable à ses yeux se fait voir ;
Anselme étoit son nom, ses jours purs dès l'enfance,
comme le clair ruisseau, couloient dans l'innocence ;
dans les Cloîtres nourri, la plus sage vertu
fait éclairer son cœur d'aucune erreur imbu ;
du sophisme tortous rejetant l'imposture,
il suit le droit sentier de la simple nature :
depuis long-tems il est assis au premier rang,
estimé, révéré, sans vouloir être grand ;
peu jaloux du jargon d'une école trompeuse,
la seule humanité lui paroît précieuse ;
sévère pour lui seul, pour les autres humain,
il fait des malheureux adoucir le destin.
Léonore il découvre, en sa douleur amère,
couchée tristement sur cette froide pierre.
A cet aspect touché : la plus juste raison
causeroit, lui dit-il, ta désolation,
si pour toi le bonheur jamais ne devoit luire ;
à la mort d'Arabert le désespoir t'inspire

cette noire vapeur qui , comme un oragan ,
s'élève fur la paix de tes paifibles ans ;
tu regrettes en lui cette amitié fi chère
qui te le fait pleurer mieux qu'on ne pleure un
 frère.
Si nos pas font courbés des ans fous les fardeaux
ne le cédons jamais à leurs violents affauts ;
que la religion , par fa grande influence ,
vienne nous foutenir , & que la patience
d'une vie conftante accompagne le cours.
Elève tes regards vers ce divin féjour
où l'ami , dans le fein de fon ami fidèle ,
s'envole , la vertu le portant fur fon aîle.
Par d'orages fréquents nous fommes menacés ;
par d'obftacles divers nos defirs font croifés :
mais le Ciel eft clément quand en lui l'on efpère ,
& ce Dieu bienfaiteur envers l'homme eft un père.
Léonore fe leve à ces mots fi touchants :
Bénie foit la voix de qui les doux accens
au-delà du trépas me commandent d'attendre !
je pourrai donc encor , malgré fa' trifte cendre ,
contempler à loifir l'objet de mes amours ?
Anfelme arrête-toi pour ouir mon difcours :
enfin l'impiété doit paroître fans mafque ,
la vérité quitter fon appareil fantafque.
En moi tu ne vois point un faint Religieux ,
par un dur répentir amené dans ces lieux ,
un pécheur accablé du poids de fa mifère ,
qui réclame pour lui ta bonté falutaire ;
ha ! pardonne , ... pardonne , ... Anfelme , mais
 tu vois
une femme à tes pieds , reconnois-en la voix.
Anfelme ne fuis point , dans ma douleur affreufe
ne m'abandonne pas ; c'eft la plus malheureufe

des femmes que tu vois embraffer tes genoux ,
implorer la pitié dont le pouvoir fi doux
fait pénétrer ton cœur par fa divine flamme :
permets que tous mes maux je verfe dans ton ame.
L'infortune affiégea mon finiftre berceau ,
orpheline en naiffant , j'arrofai le tombeau
des auteurs de mes jours par mes premières larmes ;
un oncle fcélérat , me livrant aux allarmes ,
trahit tous les devoirs d'un père bienfaifant ;
poffeffeur de mes biens , & ne reconnoiffant
que le feul intérêt , pour ravir ma fortune ,
il traverfa les mers fans efpérance aucune.
Hélas ! il me laiffa pleurante fur mon fort ,
de mes triftes parents en invoquant la mort !
Arabert adoucit les maux de ma jeuneffe ,
l'humiliation ne fit point ma trifteffe :
je fus fenfible , hélas ! à fes foins généreux ;
il effuya les pleurs qui couloient de mes yeux :
les ombres du chagrin fuirent à fa lumière.
Arabert fembloit moins prêter fon miniftère
à la religion qu'à la tendre pitié ;
mon cœur reconnoiffant , invoquant l'amitié ,
vit changer en amour cette reconnoiffance ;
Arabert fe trompant perdit fon innocence :
mon bienfaiteur , trahi par fon cœur bienfaifant,
s'égara fur mes pas , & devint mon amant.
Quelle étoit fon ardeur , par un doux mariage
à la religion voulant rendre un hommage !
que fes mains demandoient , avec empreffement ,
cette chaîne qui joint les cœurs de deux amants !
mais la religion , à fes defirs contraire ,
repouffoit tous les vœux de fon cœur téméraire :
elle nous éloignoit de l'Autel de l'hymen ,
& déchiroit deux cœurs unis par fes liens.

A ſon culte lié par des ſerments terribles ,
hélas ! bien différents de ceux des cœurs ſenſibles ,
Arabert , mon amour ne pouvoit être à moi ,
les loix de ſon pays me raviſſoient ſa foi :
par ſa religion de mon bonheur jalouſe ,
il m'étoit défendu d'avoir le nom d'épouſe.
Je perdis le repos avec le doux eſpoir ,
la conſolation retira ſon pouvoir.
Aimer , brûler , ſouffrir , tel étoit le partage
réſervé pour mon cœur , à la fleur de mon âge.
Par d'obſtacles cruels , bien loin de s'amortir ,
dans mon ſein mon amour ne fit que s'affermir ;
à ſon égarement j'abandonnai mon ame.......
Le remord vint troubler la douceur de ma flamme ,
il perça de ſes traits le cœur de mon amant ,
il arrêta l'eſſor d'un jeune homme imprudent
qui ſuivoit à grand pas des erreurs la carrière ,
il rendit Arabert à ſa vertu première :
je le vis , déchirant ſes guirlandes de fleurs ,
s'oppoſer aux tranſports de mes vives ardeurs ,
quitter des voluptés le ſein doux & perfide ,
ſourd à leurs douces voix , le repentir pour guide ,
s'enfoncer dans ces lieux , plein de componction
ſe ſoumettre au dur joug de la religion.
Hélas ! il me fuyoit ; mais encor ſur le monde
il jeta ſes regards , ſa bonté ſans ſeconde
veilla ſur mon bonheur , & ſa prodigue main
répandit ſes bienfaits , ſoulageant mon deſtin.
Mais pour moi de tréſors ! quel étoit mon partage !
le bienfaiteur abſent j'en mépriſois l'uſage ;
je ne le voyois plus , en proye à ma douleur
les ennuis ſurchargeoient mon trop ſenſible cœur.
Privée d'Arabert , la ſource de ma vie ,
je vis des paſſions la cruelle infamie ,

un retour fur mon cœur m'offrit mes jeunes ans,
tous mes plaifirs paffés & mes égarements.
Le repentir ferma cette fcène rapide ;
je fuivis les tranfports d'une douleur rigide :
hélas ! trop vainement, au milieu des defirs,
elle avoit pourfuivi mes criminels plaifirs :
j'écoutai mieux fa voix ; du Ciel en la préfence,
je répandis des pleurs, implorant fa clémence.
Mes larmes, mes fanglots, rien ne put me domp-
           ter ;
je vis, par le remord, ma fureur augmenter ;
trop trifte paffion ! cédant à fa contrainte,
d'un habit prohibé me fervant de la feinte,
& déguifant mon sèxe avec ce vêtement,
l'amour me couduifit vers ce faint bâtiment.
La crainte fe joignit à cette pudeur fombre
qui couvrit mon amour du myftère fous l'ombre :
ignorée de tous, je voyois Arabert
dans ces moments chéris où déja dans les airs
le foleil atteignant au bout de fa carrière,
reflète un demi jour par fa douce lumière ;
je voyois Arabert, en méditation,
s'avancer lentement ; mon inclination
en comptoit tous les pas : retenant mon haleine
de falloir me cacher je devorois la peine ;
plus hardie à parler je hazardois par fois,
la crainte me glaçant, ma langue étoit fans voix ;
je cédois à l'effort de ma douleur profonde,
Arabert adorant le Créateur du monde.
Malheureufe ! que dis-je !.... Ha ! ma profane ardeur
vouloit à l'Eternel pouvoir ravir ce cœur,
entre Arabert & lui l'amour me précipite,
pour mon amant mon fein uniquement palpite.
Quand, dans ma trifte erreur, pour lui feul je vivois,

Dieu me montra la loi qu'en mon cœur j'outrageois,
il dompta mes defirs & refferra ma flamme,
concentrant tout fon feu dans le fond de mon ame.
Inconnue à des yeux que je cherchois toujours,
je voyois à loifir l'objet de mes amours ;
de la religion aux faints devoirs fidèle,
je trompois tous les yeux par le mafque du zèle :
vous même faint Vieillard , par ces jeux abufé,
fûtes féduit par l'art de cet amour rufé ;
votre cœur pur & franc prit pour vertu fincère
les coupables tranfports d'une ardeur menfongère ;
vous louiez ma vertu , mon zèle , ma ferveur ,
& tout étoit le fruit d'une amoureufe ardeur.
Hélas ! je ne fais point , vaincu par la contrainte,
fi mon cœur n'étoit prêt de ceffer toute feinte ,
fi je ne formois pas un projet criminel ;
fi je m'en garantis , j'en loue l'Eternel.
Au milieu des horreurs d'une nuit ténébreufe
que l'ennui, les chagrins rendoient encor affreufe,
un fantôme paroît , il étoit revêtu
de funèbres habits ; par fa voix abattu,
mon courage à l'effroi foudain cède la place :
ne crois pas, me dit-il , qu'ici , par ton audace,
l'impiété triomphe après ces courts inftants ;
c'en eft fait plus d'efpoir pour tes vœux imprudents ;
ouvre l'oreille aux fons de la cloche terrible
qui va fe faire ouir ; entend , s'il t'eft poffible ,
fon funèbre fignal , tremble dans ta frayeur ;
elle fonne la mort du defir de ton cœur.
Je m'élance du lit, je vole vers l'Eglife ,
conduite par l'amour ; qu'elle fut ma furprife !
le temple étoit rempli par les Religieux ;
Arabert eft l'objet que recherchent mes yeux ;
je ne le trouve point , je vole à ces bocages

où pour y méditer fe retirent nos fages ;
déja tous mes regards , mes pas ont vifité
ces lieux , fans mettre fin à ma perplexité ;
je fens tout mon malheur , je tombe fur la terre :
plus d'efpoir , m'écriai-je , à ma dure misère ;
ha ! fans doute, fans doute, en ce moment affreux
Arabert....... la clarté n'éclaire plus fes yeux ;......
il expire , il n'eft plus , fans que fa tendre amante
foutienne dans fes bras fa tête défaillante ;
l'Epoufe de ton cœur ne pourra pénétrer
jufqu'à ton lit de mort , & fes foins te donner :
tu meurs , ha ! mon amant , l'amour difpute encore ;
t'aimer c'eft le devoir du cœur de Léonore ,
elle doit defirer de pouvoir recueillir
dans tes derniers moments fur ta bouche un foupir :
ma vue troubleroit peut-être tes penfées ;
Arabert , Arabert , que nos amours paffées
ne difputent ton cœur à ce Dieu bienfaifant
de qui je ne dois pas balancer l'afcendant.
Miniftre bienfaiteur de mon inquiétude ,
le jour , par fa clarté , leva l'incertitude :
ô défefpoir ! ô mort d'un amant malheureux !
ô fort de Léonore encor plus rigoureux !
hélas ! j'ai lu, j'ai lu dans le facré portique ,
une ombre me prêtant fon flambeau fantaftique ,
*Arabert ne vit plus , adreffez au Seigneur
des prieres pour lui.* Dans ma vive douleur
que la joie , que la paix , ai-je dit , t'accompagne ,
il n'eft plus de plaifirs pour ta chère compagne :
Arabert , Arabert trop tendrement aimé ,
vainement tu me fuis ; dans mon cœur imprimé
je garde ton portrait ; dans fa douleur cruelle
mon ame brûlera d'une flamme éternelle.
O toi ! de ton ami fidèle confident ,

qui connus les penfers de mon trop cher amant,
& dans le fein de qui fa jufte confcience
verfa tous fes remords avec que confiance ;
je fais, des malheureux fenfible protecteur,
que tu peux recevoir leurs larmes dans ton cœur ;
ha ! dis-moi, par pitié de l'affreufe tendreffe
qui, fixant fon amour, l'unit à fa maîtreffe,
ou plutôt, par égard pour l'heureufe vertu
qui rendit près de lui mes efforts fuperflus,
& lui fit repouffer, avec un front rigide,
tous les appas trompeurs de ce monde perfide ;
dis-moi, je t'en conjure, au nom de ma douleur,
Arabert, en mourant, m'a-t-il laiffé fon cœur ?
Pour lui, de mon penchant déplorable victime,
je vis couler mes jours dans les horreurs du crime ;
j'ai tout facrifié, ma gloire, mon repos ;
je t'en fais un aveu ; le plus affreux des maux,
j'ai craint, dans ma douleur, par l'amour délaiffée,
de ne plus occuper d'Arabert la penfée.
Mortel compatiffant éclaire mon efprit,
& fufpend le fardeau dont ma peine frémit :
peut-être, par fon froid, la fage indifférence,
à ton difcours joindra fa bénigne affiftance.
Aurai-je mal connu le cœur de mon amant ?
ou dois-je à la douleur vouer mes triftes ans ?
   Anfelme n'écoutant plus que la bienfaifance :
attentive, dit-il, bannit la méfiance :
quand, fur le lit de mort, victime de fon mal,
Arabert attendoit l'heure du coup fatal,
près de lui l'amitié, par mes foins fecourables,
ranimoit fon efpoir, foutien des miférables ;
affis à fes cotés je répandois des pleurs.
Enfin, voici le tems, dit-il, où mes malheurs
vont terminer leur cours avec que ma carrière,

& j'atteins le moment de mon heure dernière ;
que j'en ai de plaifir ! qu'ajouter à mes jours ?
l'infortune fans ceffe en pourfuivroit le cours.
Parle, mon cher ami, n'ai-je pas de ma vue
éloigné cet objet dont le regret me tue ?
tu connoîs de mon cœur quels furent les efforts
pour vaincre le penchant qui me caufe la mort :
tu m'entends ; j'ai tout fait pour chaffer de mon
　　　ame
l'impure volupté d'une fi douce flamme ;
j'ai voulu me cacher dans ces fombres déferts ;
un fouvenir cruel m'a redonné mes fers ;
le remord dévorant vouloit brifer ma chaîne,
fes efforts ne faifoient que redoubler ma peine :
que j'étois nonchalant de préfenter à Dieu
le facrifice, hélas ! de ce dernier adieu !
Quand tout fuit devant moi, dans ce moment en-
　　　core
je vois, je vois les traits de l'objet que j'adore ;
cette image chérie à mon cœur vient s'unir,
Léonore, l'amour à mon dernier foupir.
Arabert dans mes bras, privé de connoiffance,
à ces mots a perdu tout figne d'exiftence.
　Ha ! reprend Léonore, injufte fentiment
a tu pu foupçonner le cœur de cet amant !
Ai-je pu t'écouter ! un crime involontaire
pardonne, cher amant, à ma dure mifère !
Morte au monde trompeur pour toi feul je vivois,
mes penfers, mes defirs à toi feul j'adreffois,
du Dieu que j'outragai je craignois la vengeance ;
j'adorois le courroux de fa toute-puiffance ;
je déteftois l'excès d'un criminel amour ;
je répandois des pleurs, mais je t'aimois toujours.
　Elle parloit encor, quand le fon de la cloche

vint troubler fes efprits ; le convoi qui s'approche
va bientôt arriver au portique divin.
Dans cet affreux moment , que tu fentis la main
du célefte Vengeur ! & combien fa juftice
fut , dans cet appareil, ménager ton fupplice !
Léonore , tu vis tous les Religieux
avancer dans la Nef, & ces lugubres lieux
recevoir des flambeaux la funèbre lumière ;
tu vis ton cher amant étendu dans la Bierre.
     A fa vue fon cœur , par tant de coups battu ,
fait un dernier effort , ranime fa vertu :
d'un pas mal affuré , & d'un regard timide ,
elle approche ce corps déja froid & livide ;
tandis qu'elle combat ces affauts différents ,
elle adreffe ces mots aux Prêtres affiftants :
  » attachez vos regards frappés par la furprife ,
  » fur une femme ofant hazarder l'entreprife
  » d'avoir des vêtements à fon sèxe profcrits ,
  » de pénétrer ces lieux qui lui font interdits.
Ma vive paffion me rendant téméraire ,
je falis des vertus l'augufte Sanctuaire :
féviffez contre moi , que le plus noir cachot
en proie à mes douleurs me ferve de tombeau ;
je foumets aux tourments d'une dure juftice ,
mes crimes , mes forfaits, attendant mon fupplice.
Si la pitié touchante , unie à la vertu ,
pouvoit faire douter votre efprit combattu ,
(la vertu , la pitié l'on voit inféparables)
étoutez le récit de mes maux déplorables :
fenfibles à ma voix tenez , pour un inftant ,
de ma punition les apprêts en fufpens ;
que ma vive douleur , & que ma plainte amère
innondent , par mes pleurs , cette cruelle bierre :
laiffez-moi prodiguer ce tribut de douleur

à l'objet qui m'emporte avec que lui mon cœur.
Hélas ! ce sein déja rendu froid , infensible ,
ignore mon ardeur ! Mais quoi !... m'eft-il poffible !...
Qu'ai-je dit, Prêtres faints ? Pardonnez... Arabert...
combien je le chéris je ne puis exprimer.
O toi qui nous plaça dans ce lieu de misère ,
valée , le féjour de la douleur amère ,
dont le poifon corrompt , par les durs repentirs ,
de nos cœurs agités les coupables plaifirs ;
fi , comme nous devons pieufement le croire ,
ton bras jufte & puiffant , pour conferver ta gloire ,
punit après la mort , par des feux éternels ,
le penchant de l'amour ennivrant les mortels ,
ha ! Dieu jufte , ton bras fecondant ta juftice ,
fur moi , fur moi fera retomber ce fupplice ;
c'eft moi , c'eft moi , Seigneur , qui put à la vertu
arracher Arabert , c'eft moi qui l'ai perdu ,
qui l'ai précipité dans cet affreux abyme ,
par des fentiers fleuris je l'ai conduit au crime ;
je trompai fa raifon , je féduifis fon cœur ,
j'ai tout fait , je fuis caufe , hélas ! de fon malheur :
il prit part aux tranfports de ma vive tendreffe ,
qu'il ne partage point mes maux dans ma détreffe ,
le crime fut de moi , c'eft moi qu'il faut punir.
En prononçant ces mots , fa main va découvrir
le corps de fon amant , de cette trifte vue
voulant raffafier fon ame trop imbue :
l'image d'Arabert eft gravée en fon cœur ;
elle jette un regard dans fa vive douleur ,
mêlant le défefpoir avec que la tendreffe ,
fur ce cercueil où gît l'objet de fa foibleffe :
cet orage accablant fe rompt par des fanglots ,
elle ne forme plus que le vain fon des mots.
» Quoi ! ces yeux animés d'un fentiment fi tendre-

» font fermés pour jamais , & cette froide cendre
a fané le vermeil de ces lèvres de feu !
fans qu'il puiffe m'ouir je lui fais mon adieu !
Léonore courbant fa tête chancelante ,
veut preffer ce corps froid ; arrêtant cette amante
Anfelme veut fauver le refpect du Lieu faint ;
Léonore pleurant fe jette fur fon fein :
» puis-je oublier jamais l'objet de ma tendreffe ;
» & fi vous condamnez mon indigne foibleffe ,
» ingrate pourriez-vous approuver mes froideurs ?
Je crois voir fes vertus foulageant mes malheurs ;
je le vois m'accueillant , au fein de ma mifère ,
me fervir , par fes dons , & de mère & de père :
mais , hélas ! de fon cœur le bienheureux préfent
étoit cent fois plus beau que l'or de mon amant ;
dois-je manquer de voix quand fa vertu me touche ?
le refpect de ce lieu doit-il fermer ma bouche ?
De l'irréligion féparant la pitié ,
confultez les tombeaux de la tendre amitié ;
voyez ceux des amants , des pères & des mères ,
s'ils ne font arrofés par des larmes amères ,
fi la douleur n'y vient apporter fes fanglots ,
un cœur reconnoiffant s'y plaindre de fes maux ?
Grand Dieu ! le fentiment prendrois-tu pour offenfe !
je me foumets tremblante à ta jufte vengeance ;
détruis , anéantis ce cœur compatiffant ,
j'adore , fous fes coups , ta main me puniffant :
Arabert ne vit plus , dans ma dure mifère ,
en toi feul , mon foutien , uniquement j'efpère.

   Sa voix s'égare au loin portée par fes cris ,
par de lugubres chants la voute retentit ;
les échos répondant par des fons lamentables ;
tous les Prêtres fuivoient les parvis formidables ,
la foffe étoit ouverte attendant fon dépôt.

Léonore penchant fur le bord du tombeau :
» adieü donc mes plaifirs , adieu vive tendreffe ,
» adieu beauté , vertu , tréfor d'une maîtreffe ,
& toutes qualités qu'eut jamais un mortel ,
adieu , cher Arabert : va , ce cœur criminel
ne veut point te laiffer repofer dans ta tombe....
dans mon cœur tu vivras ; à mes maux je fuccombe...
Je crois voir ce corps froid prêt à fe ranimer ;
j'entends fa fombre voix me dire de l'aimer :
c'eft affez ; je l'entends cette voix fépulcrale ,
qui me dit de quitter cette terre fatale.
Léonore hâte-toi , me dit-elle , hâte-toi ,
ma trop chère moitié viens te rejoindre à moi.
Je t'entends , Arabert ; m'uniffant à ta cendre ,
pour te trouver je vais dans le tombeau defcendre.
Anfelme , quand la mort fur ce trifte cercueil
viendra me préferver des horreurs de mon deuil ,
me refuferas-tu qu'à ma jufte priere
l'on uniffe nos cœurs dans une même bierre ?
Il m'appelle , je cours , je cède à tant de maux ;
ô , mon Dieu ! je t'invoque , éloigne tes fléaux !
  Tous les Religieux admiroient en filence :
Léonore fe lève , en la tombe s'élance ,
Anfelme tend les bras defirant l'arrêter ,
on court à cette amante : elle vient d'exifter.
  Exemple malheureux de l'humaine foibleffe ,
des triftes paffions le fruit de la tendreffe.
O grand Dieu ! prends pitié de nos fréquents
        malheurs !
en vengeant les forfaits punis-tu nos erreurs ?

FIN.

ÉPITRE

A OVIDE

AUX CHAMPS ÉLISÉES.

O Toi ! charmant Auteur, dont la vive peinture
traça les sentiments de la douce nature ;
& de qui le pinceau, par des traits immortels,
te fit, avec l'amour, partager ses Autels ;
de tes tendres Ecrits rapellant la mémoire,
je voulois avoir part aux rayons de ta gloire,
& rendant tes leçons dans le style français,
je voulois, de l'amour assurer le succès.
Ce Dieu qui ranima les accords de ta Lyre,
dans un sommeil profond a daigné me sourire :
je te sais fort bon gré, m'a-t-il dit, de vouloir
par ta traduction augmenter mon pouvoir ;
observe cependant qu'en ce siècle où nous sommes,
amour n'a pas besoin d'instruire tant les hommes ;
du Romain le cœur fier, peu fait aux passions,
d'Ovide demandoit les touchantes leçons ;
mais le cœur du Français, né pour être volage,
dévance les leçons du docte personnage :
un seul âge pourroit en tirer quelque fruit,
& par ton premier Chant il est assez instruit.
Au printemps des plaisirs, goûte leur douce ivresse,
réserve le travail pour la froide vieillesse ;
dans ton cœur j'ai formé le tendre sentiment,

B

de mes chers favoris fuis l'aimable penchant.
Ainſi parla l'amour. Pour t'imiter, Ovide,
je dois à ſes conſeils ne pas être perfide.
De ſon temple divin tu mis les fondemens,
après l'avoir conſtruit tu le peuplas d'amants,
tu les y conduiſis avec art & meſure,
leur traçant les ſentiers qu'indique la nature,
aſſuras leur bonheur, leur appris à jouir;
par ton art retenu le plaiſir ne put fuir;
tes préceptes chéris fixant les cœurs des belles,
à l'amour inconſtant retranchèrent ſes aîles,
& l'amant malheureux apprit, par tes leçons,
le remède qu'il faut porter aux paſſions.
Dégagé, comme toi, de toute ſervitude,
de te remettre au jour j'euſſe fait mon étude;
je puis bien quelquefois avec toi promener
ſur le Mont Hélicon, mais non y ſéjourner.
Le tems, par ſes cinq doigts, mon cinquieme luſtre
va bientôt me marquer : ſans être encore illuſtre,
cet âge tu perdis dans les amuſemens;
je dois le conſacrer à des ſoins importants.
Toutefois fandra-t-il, imprudemment aux Muſes
parce que j'ai promis tes œuvres ſi fameuſes,
dans un double travail mon repos conſumer ?
Tant pis pour qui ne fait comme l'on doit aimer.
Les regrets d'Arabert, les pleurs de Léonore
annoncent les dangers qu'on court lorſqu'on adore :
cet écrit inſtruira le malheureux amant,
qu'on doit ſe méfier d'un tendre engagement.
Quant aux Muſes, ce ſont heureuſement des femmes
à qui, pour contenter les ardeurs de ſes flammes,
& d'un air gracieux leurs faveurs obtenir,
l'on peut promettre tout, ſans jamais rien tenir.

ÉLÉGIE

IMITÉE DE L'ANGLAIS,

DE M. CRAY.

DEja les tristes sons de nos cloches funèbres
annoncent le retour des épaisses ténèbres ;
les troupeaux mugissants, d'un pas lent, tortueux,
s'avancent vers l'étable ; abandonnant ces lieux,
le Laboureur lassé retourne à sa chaumière,
il livre l'univers privé de la lumière ,
à l'effroi de la nuit , aux consternations,
à l'accablante horreur de mes réflexions ;
l'on ne voit plus briller les naissantes prairies ,
le silence me livre aux longues revéries ;
des insectes volants dans le vague de l'air ,
troublent seuls le repos de ce sombre désert ,
leur murmure s'étend au loin dans la campagne.
Mais quel gémissement ce son rude accompagne ?
C'est le hibou plaintif , sur cette antique tour
attendant le départ du messager du jour ;
j'ai troublé , par mes pas , l'ancienne solitude ,
les bosquets habités par son inquiétude.
La mousse que le temps en poussière changea,
sous ces arbres touffus s'élève par grand tas ;
c'est là sous cet ormeau ; sous ce cyprès sauvage ,
que reposent les os des Bergers du Village :
ils sont ensévelis sous ces étroits tombeaux ;

les cris aigus du coq & la voix des oiſeaux ,
l'accord mélodieux des inſtruments champêtres ,
ne pourront les tirer de leurs ſombres retraites ;
ils ne pourront jamais ſavourer le plaiſir
des parfums apportés ſur l'aîle du zéphir :
ils firent la moiſſon avec leurs faux tranchantes ,
la terre fût docile à leurs bêches peſantes ;
ils conduirent les chars ; le chêne audacieux
gémiſſant ſous leurs coups fit retentir ces lieux :
il ne ſe chauffent plus aux flammes d'un vieux hêtre ;
ils ne s'égayent point dans un repas champêtre ;
& ce n'eſt plus pour eux , que de tendres enfants
élèvent vers leurs cols des bras chers , innocents ,
pour avoir des baiſers enviés à leur mère.
Pourquoi mépriſez-vous , ambition altière ,
leurs utiles travaux & leur ſimplicité ,
leurs plaiſirs innocents , & leur obſcurité ?
Grandeur , ne pourras-tu , ſans le dédain du rire ,
écouter le récit que le pauvre m'inſpire !
La naiſſance orgueilleuſe & le pouvoir pompeux ,
l'éclat puiſſant de l'or , celui de deux beaux yeux
ne peuvent éloigner l'heure à nos jours fatale ;
la gloire ne peut fuir une urne ſépulcrale.
L'écho ne rendit pas l'éloge des paſteurs ,
un ſuperbe tombeau ne reçut point leurs cœurs ;
pourquoi les plaignez-vous , Puiſſances de la terre ?
L'orgueil d'un monument, relevant leur miſère ,
peut-il rendre le ſouffle à leurs cadavres froids ,
la vapeur de l'encens leur redonner la voix ?
L'oreille de la mort peut-elle être flattée
par les accens trompeurs d'une harangue outrée ?
Peut-être a-t-on placé ſous ce triſte terrein
un cœur jadis rempli d'un feu pur & divin ,
des bras faits pour l'honneur de régir un empire ,

qu de tirer les fons d'une touchante lyre.
La fcience à leurs yeux, fes livres préfentant,
ne les enrichit point des dépouilles du temps ;
l'indigence étouffa dans leur fein le génie,
glaça, dans leurs penfers, cette fource de vie.
Ainfi le fin diamant eft caché dans le roc,
le faphir renfermé des durs monts fous le bloc ;
ainfi dans le défert mille fleurs renaiffantes
répandent le parfum de leurs odeurs piquantes.
Ici gît un Hampden, oppofant fes vertus
aux efforts des tyrans qu'il auroit combattus :
ici gît un Milton qui vécut fans écrire,
& fans goûter l'honneur d'une favante lyre :
ici gît un Cromwel, de qui les pures mains
ne verfèrent jamais le fang des citoyens :
ils ne regnèrent point par l'heureufe éloquence ;
l'obfcurité leur fit perdre la récompenfe,
jufte fruit des vertus, l'honneur d'un nom fameux
avec la faculté de faire des heureux.
Si leur vertu plia fous le faix des entraves,
leur cœur ne fentit point les tourments des coupa-
        bles ;
à travers le carnage & les corps des mourants,
le fer ne les a point placés aux premiers rangs ;
vivant toujours en paix avec leur confcience,
ils ne fermèrent pas leurs cœurs à la clémence ;
leur lyre, profanant fes accords criminels,
n'a jamais célébré les vices des mortels.

ROMANCE.

Je vais donc aimable Palmire,
enfin soulager, dans tes bras,
le trop cruel, le dur martyre
que me causèrent tes appas.

Je sens sur mes lèvres errante
mon ame, qui veut me quitter,
dans le cœur de ma tendre amante
desirant d'aller se placer.

Que ne puis-je, par un seul être,
avec toi m'unir, exister,
heureux, dans ce séjour champêtre
avec toi seule d'habiter !

Dans cette faveur sans seconde,
je vois devant moi s'éclipser,
s'enfuir tout le reste du monde,
seule je te vois exister.

Colin débitoit sa fleurette,
tenant sa Mie dans ses bras :
vain discours ; car cette fillette,
sentant mieux, ne l'entendoit pas.

FABLE.

LE SINGE.

Tous les Turcs font grands voyageurs :
les plus petits, comme les hauts Seigneurs,
font à la Mecque un long pélérinage ;
& les dévots, car par-tout il en eſt,
   font deux fois le voyage,
   pour plaire à Mahomet.
Un de ces fidèles Croyans,
   dans ſon pays en revenant,
prit dans un bois un Sapajou charmant :
Jeannot étoit de jolie encolure,
   & tout plaiſoit dans ſa ſtructure.
Le Muſulman, guidé par ſon affection,
   à le dreſſer mit ſon attention :
   une riche nature
prête facilement à l'art de la culture ;
   en peu de tems Jeannot devint gentil ;
   il n'étoit pas de tour de paſſe-paſſe,
   il n'étoit pas de jolie grimace,
   qu'avec ſuccès Jeannot ne fît.
Le Muſulman ſe mettant en voyage
   une ſeconde fois,
   pour compagnon de ſon pélérinage,
   prit Jeannot avec ſoi :
quand on fut arrivé dans ſon pays natal,
un ſecret mouvement tourmenta l'animal ;
   fatigué de ſon eſclavage,

& craignant de finir son âge
dans la captivité,
il voulut, en, fuyant, chercher la liberté,
Voilà Jeannot dans sa patrie,
lutiné par la rêverie,
la fille de l'oisiveté ;
alors, pour se défennuyer,
& divertir ses camarades,
il répétoit, avec art, les gambades
qu'aucun ne pouvoit imiter :
mais, Jeannot auroit eu beau faire ;
eût-il eu mieux le savant art de plaire,
on n'étoit disposé que pour le critiquer.
Sentant l'aigreur de leur plaisanterie,
Jeannot leur fit la juste repartie :
vous qui faites les importants,
je vous prie d'en faire autant.

Ce Singe avoit raison :
souvent un esprit satyrique,
qui croit briller dans la critique,
échoue en l'exécution.

F I N.